CW00797052

Pour mon frère, Pierre

La vie est une chose trop importante
pour être prise au sérieux

Chesterton

Première édition dans la collection *lutin poche* : janvier 2006
© 1995, l'école des loisirs, Paris
Loi numéro 49 956 du 16 juillet 1949 sur les publications
destinées à la jeunesse : septembre 1995
Dépôt légal : mai 2016
Imprimé en France par Clerc SAS à Saint-Amand-Montrond

Le monde à l'envers

Texte et illustrations de
Mario Ramos

Pastel
les lutins de l'école des loisirs
11, rue de Sèvres, Paris 6ᵉ

Rémi n'était pas un souriceau comme
les autres. Pour lui, le monde était à l'envers.
Même ses parents avaient la tête en bas
et les pieds en l'air.

Lorsqu'il voulait jouer avec les souriceaux,
ceux-ci se moquaient de lui.

Alors, il allait s'asseoir dans le cerisier
pour écouter les oiseaux chanter.

Parfois, il allait à l'école pour se distraire.
Un jour, le maître dit :
« La terre est ronde comme une orange. »
La petite Sophie s'écria :
« Alors, ceux qui vivent en dessous sont à l'envers ? »
Toute la classe éclata de rire.
Mais Rémi n'écoutait déjà plus :
il y avait quelque part dans le monde
des gens comme lui !

Le lendemain matin, Rémi
embrassa tendrement ses parents et se mit en route.

Il franchit les précipices,

naviga sur les océans,

s'enfonça dans la jungle,

glissa sur la banquise,

traversa le désert,

escalada les montagnes
et, tout en haut,
découvrit quelqu'un qui était comme lui…

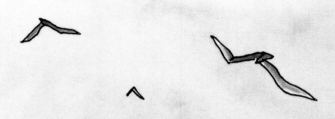

Rémi se précipita pour le saluer
mais il tomba dans le ciel.

Une cigogne qui revenait au pays l'arrêta
dans sa chute. Le choc fut terrible.
Le monde bascula et Rémi s'évanouit.

Bien plus tard, lorsqu'il ouvrit les yeux,
Rémi découvrit un monde nouveau.

La cigogne le déposa devant sa maison.
Il sonna. Sa maman vint ouvrir la porte,
Rémi lui sauta dans les bras.

Maintenant, Rémi va souvent jouer au parc
avec les autres souriceaux.
C'est lui qui marche le mieux sur les mains.
Ça fait rire tout le monde,
surtout la petite Sophie.